# LE CAS

de

# M. DE MIRECOURT

*Par Ch. Bataille*

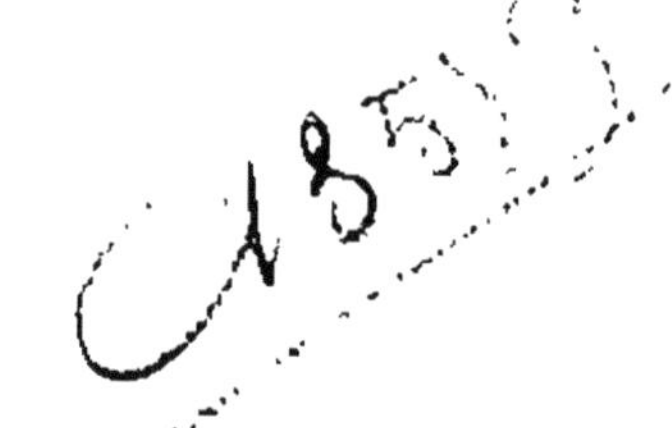

PARIS

Se Vend chez tous les Libraires

1862

# LE CAS

DE

# M. DE MIRECOURT

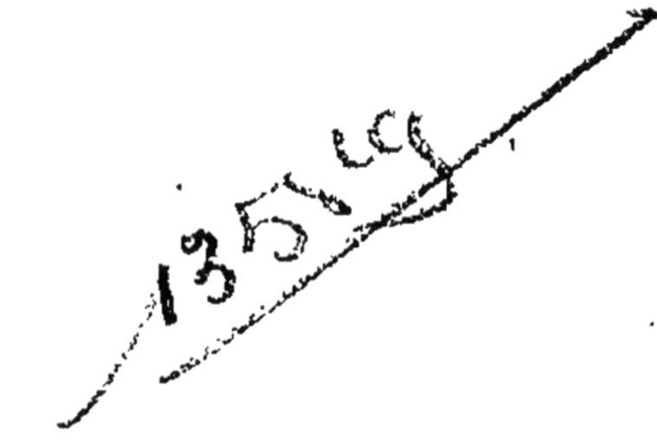

# LE CAS

de

# M. DE MIRECOURT

*Par Ch. Bataille*

*PARIS*

*Se vend chez tous les Libraires*

1862

# LE CAS

DE

# M. DE MIRECOURT

## I

Dans le courant du mois dernier, une longue diatribe, faite de pièces et de morceaux rafistolés au hasard, s'effiloquait piteusement le long des colonnes du *Figaro*. C'était une critique des

MISÉRABLES, pensée avec cette élévation spéciale aux magisters-bedeaux et lourdement écrite avec des pétarades de points d'exclamation qui scindaient de haut en bas des prosopopées bien démodées depuis les histoires de cœur de madame Cottin. Ce pensum catholique, composé en petit texte, signé en caractères qui se dissimulaient à l'œil, me parut, dès les premières lignes, destiné à moisir sur les tables d'estaminets. J'étais de passage à Paris, et j'y jetai à peine un coup d'œil. Je savais, de vieille date, que M. de Villemessant a l'habitude de mieux interligner la prose de « ses premiers ténors », et, comme je lui reconnais un flair réel en littérature à succès, je conclus que cette chiffonnerie n'avait trouvé place dans le journal que par commisération pour l'auteur. Les voyages n'ont pas enrichi M. de Mirecourt, — ni personne, — et ce gros commis-voyageur en jovialités qui dirige le *Figaro* ou-

vre assez volontiers, sa porte à la Misère, les jours où le Talent est à la campagne.

Trois semaines plus tard environ, le lamentable auteur des *Contemporains* vidait une seconde fois sa hotte dans le même *Figaro*. Pour le coup, il y eut illuminations et parade. M. de Villemessant en personne tailla sa plume stupéfaite, — cette plume qui donne des conseils bien sentis aux populaces et nous en conte « de si bonnes ». Le rédacteur en chef déclarait tout net que le premièr article de M. de Mirecourt avait *reçu du public un accueil voisin de l'enthousiasme, et que deux tirages supplémentaires n'avaient pu suffire aux demandes adressées de toutes parts.*

J'ai défendu avec une chaleur que je ne désavoue pas M. de Mirecourt contre des attaques sans dignité, lorsque le bruit de sa mort a couru ; mais danscette même défense, en citant des faits à sa justification, j'ai toujours dénié une ombre de talent à ce discoureur emphatique et essoufflé. Le bruit de cette seconde attaque vint m'assourdir jusqu'en province. Les têtes fortes de l'endroit, — et justement M. de Mirecourt a jadis été quelque chose comme maître d'école à Chartres, ma patrie, — opinaient que M. de Villemessant voulait faire « une farce ». Rien qu'à regarder la composition de l'article et la pompe de la signature, j'affirmai que les cas étaient sérieux, et que c'était bien d'un succès de vente qu'il s'agissait.

On se récria.

« Les Parisiens sont des moutons de Panurge.

— A quand la décentralisation? »

Et le reste que vous devinez.

« Tout ce que vous voudrez, répondis-je imperturbablement, mais c'est un succès. »

Un mien vieil ami, ancien commissaire du gouvernement provisoire, ancien directeur du

*Glaneur*, journal aujourd'hui supprimé, bondissait dans son coin :

« Et penser que j'ai inséré jadis des articles LIBÉRAUX de ce monsieur-là ! »

Il ne disait pas « Monsieur, » le brave homme ! La langue fourche en province — tout comme la plume à Paris.

Je basais mes affirmations sur ce raisonnement :

Le directeur du *Figaro* n'avait nullement besoin du concours malingre de M. de Mirecourt. Il avait à sa disposition la dialectique nette et rigoureuse de Jouvin, et ses voltigeurs habiles à manier l'épigramme. S'il met des lampions à sa devanture et fait un discours à la foule, — c'est tout bêtement parce que la foule est là.

Et, de fait, elle y était.

« Quoi! cette population qui a fait aux *Misérables* un triomphe jusqu'alors inconnu en librairie?

— En vérité, oui, la même.

— Comment? pourquoi?

— Les Athéniens s'ennuyaient d'entendre appeler Aristide « le Juste ».

Puis, qu'importe! Il ne s'agit pas du grand solitaire de Guernesey, qui vit face à face avec d'autres préoccupations et d'autres spectacles que cette tempête dans un verre d'eau. Il est question du « Cas de M. de Mirecourt ».

---

## II

Ce fut seulement à mon retour à Paris que je pus lire, l'un après l'autre, et dans leur ensemble, les articles que plusieurs lettres de mes amis avaient signalés à mon attention.

Je l'avoue, le sang me monta rapidement au front. Non point à cause des attaques contre l'écrivain, qui sont permises au premier et au dernier venus, et qui, dans l'espèce, n'étaient que ridicules. Ces coups de goupillon se transformant en assommoir n'ont rien de bien terrifiant pour les fronts de granit. Puis, cette phraséologie puait le lieu-commun, la grosse niaiserie qui s'enfle les joues, l'odeur rance particulière à M. Prudhomme et à sa couvée, assez fort pour en dégoûter bien vite les appareils olfactifs les moins délicats et les intelligences les plus banales. Elle s'asphyxiait elle-même. Priez Henry Monnier de lire une page de ce réquisitoire, ce sera à mourir de rire. Où l'indignation me prit, et si fort qu'elle m'étreint encore au bout de trois semaines, ce fut en abordant certain passage dans lequel, après être entré avec effraction dans la vie privée du Poëte, ce crocheteur de choses intimes n'a pas craint de publier comme historique un fait scandaleux sur lequel les tribunaux du temps n'ont pas même été appelés à se prononcer, une rumeur que rien n'autorise à fixer sur une page imprimée, une anecdote tombée des salons bourgeois dans la rue, de la rue dans le ruisseau, où nulle personne soigneuse de la netteté de sa conscience et de la propreté de ses mains n'eût songé à la ramasser.

Je ne crois pas avoir ressenti dans ma vie mouvement de répulsion pareil à celui qui suivit cette lecture. Séance tenante, j'adressai à M. de Mirecourt une lettre dans laquelle j'exprimais avec énergie mon mépris pour cette guerre tortueuse. Il est à supposer, — je n'ai pas gardé copie de cette lettre, — que j'avais chargé ma plume à plein encrier, car je reçus, courrier par courrier, la réponse suivante.

« 2 octobre 1862.

« Oh ! mon cher, des menaces! Comme vous me connaissez peu !

« Je suis en plein dans ma conviction, et j'y reste. Vous avouerez que je suis au moins dans mon droit.

« *Nous verrons si vous êtes dans le vôtre.*

« Bien à vous.

« EUGÈNE DE MIRECOURT. »

Avais-je vraiment « menacé » ? Je ne puis et ne veux ni nier ni affirmer. La plume s'agitait avec tant de fièvre sous mes doigts qu'elle a pu crever par endroits le papier et les formules courantes de la civilité française. A mon avis, néanmoins, si la menace venait de quelque part, c'est surtout dans ces deux lignes que je viens de citer en italique qu'elle montrait sa petite langue fourchue entre chaque fissure de la phrase :

« Je suis dans mon droit ; nous verrons si vous êtes dans le votre. »

En toute espèce de cause, j'eus tort, — et j'en fais ici une confession publique, — de répondre, par la voie d'un journal, à ces insinuations de procès, que j'avais en main les opinions autographes de M. de Mirecourt sur la magistrature. La colère me mettait au poing une mauvaise arme. Le premier mouvement n'a rien à voir avec les délicatesses. Cette arme, je la rejette loin de moi; mon adversaire peut être bien convaincu que je ne la ramasserai jamais, quoi qu'il arrive. Donc, qu'il fasse « instrumenter » dès demain, si tel est son bon plaisir.

La correspondance continua.

« 3 octobre 1862.

« Sont-ce des menaces ? Il se pourrait. Si fait, mon pauvre pamphlétaire, je vous connais bien, — oh ! très-bien !

« J'affirme que votre courage est fait de cas nerveux et point de volonté ; puis, j'affirme surtout qu'il n'a que la durée de l'impression qui vole, vole, — plus vite que le hanneton de la chanson.

« Dans votre conviction, vous! qui, — c'était l'année dernière, c'était hier, et vous l'avez déjà oublié, — avez pris chez Hugo vos seules pages vivantes d'un pamphlet qu'il est inutile de nommer ici. Vous n'avez pas, je suppose, cette simplicité de penser que les satires politique de l'auteur des *Misérables* soient écrites dans une pensée beaucoup plus catholique

que ce dernier roman. — Alors, qui donc a changé ?

« Dans votre droit, vous ! qui, en parlant de cet homme que le génie avait fait nativement grand, et que l'exil, — un exil plus intéressant et « mieux tenu » que le vôtre, n'est-ce pas ? — a fait sacré, n'avez pas honte de rappeler un épisode de vie intime qui n'appartient à personne. Mais je sais dans votre monde quelques douzaines d'échauffourées cythéréennes qui n'avaient ni l'excuse de la passion chez l'homme ni l'excuse de la beauté chez les femmes. C'étaient de simples drôlesses.

« Je sais bien qu'aimer un scapulaire sanctifie l'œuvre de chair!

« Vraiment! vous avez eu cette audace de parler de la moralité de Hugo, vous! qui, arrivé à la cinquantième année, — je passe les fractions, — n'avez trouvé (après d'honorables tentatives à Londres, je le reconnais) que défaillances vis-à-vis du pain à gagner en Russie, par des travaux obscurs, mais loyaux. En vérité, vous affichez cette rare impudence qui condamne le prochain en même temps qu'elle vous donne, à vous, l'indulgence plénière! C'est terrifiant de rouerie satisfaite et béate, — ou trop réjouissant de niaiserie. Au choix!

« Mais réfléchissez donc, car c'est trop d'insanité! Quelle a été votre existence depuis quinze mois? Le jeu véner e, le jeu en action, le jeu au prix du repos de vos enfants, de la bourse d'autrui, de votre dignité. Le mot est grave, mais je l'écris tout d'un trait. Ce qui peut être fièvre passagère chez un jeune homme libre de sa vie, comment le qualifier chez vous, père de famille et catholique? Vous me direz que vous vouliez semer du sel sur les ruines des banques d'outre-Rhin.... Quelle pitié !

« Ainsi, vous avez cru, comme

cela, simplement, que tout est effacé avec un signe de croix? Que non pas! Quand à ces péchés, qui ne sont point minces, vous soudez, — par je sais quel pieux ciment de conscience, — la forfanterie outrecuidante et ce que Bilboquet appelait « du toupet », il peut bien se rencontrer quelque part un brave homme qui s'indigne et prétend dire ses indignations.

« Je dirai les miennes.

« J'avais pour vous cette affection que l'on éprouve pour les tempéraments féminins. Vous ai-je vraiment aimé? Point dans la virilité que l'affection réelle implique, car je vous avais trop promptement deviné. Je vous aimais peut-être tout simplement pour vos nerfs.

« Aujourd'hui, j'ai mal aux miens dans leurs fibres les plus délicates. — Et c'est votre faute....

« Je veux crier !

« Ch. BATAILLE. »

Réponse :

« 6 octobre 1862.

« Vous me faites l'effet d'un homme qui s'est enivré avec une bouteille de mauvais vin, — de vin démocratique et social. Toutes les injures que vous pouvez me dire dans cet état ne me touchent en aucune sorte.

« Criez tant qu'il vous plaira ; calmez vos nerfs en me prodiguant l'insulte et l'outrage. Autrefois, je vous en ai pardonné bien d'autres, et je vous pardonne aujourd'hui encore, en demandant pour vous au Ciel un peu de la lumière qui vous manque.

« Tout à vous.

« Eugène de Mirecourt. »

Le concours du Ciel eût été bien superflu en pareille circonstance. La lumière était faite depuis longtemps dans mon esprit, — faite comme le veut la philosophie de Descartes, — par expérience.

J'ai beaucoup connu M. de Mirecourt, — et voici qu'en abordant cette œuvre de violence, l'hilarité me saisit. Je voulais montrer les dents.

A quoi bon ?

Rions ensemble, ami lecteur.

---

## III

Avant de rire pourtant, il y a lieu d'expliquer comment je fus amené, après des invectives qui n'étaient guère plus probantes qu'un coup de massue d'Ioway, à ressentir un certain entraînement vers cet homme conspué aux quatre points cardinaux de l'Europe. On verrra plus loin que ceci n'est point une figue de rhétorique.

Voici tout à l'heure trois ans, — quatre peut-être, — j'oublie assez volontiers la date de mes haines, et mon adversaire était si charmante! — Madame Nantier-Didiée obtint contre moi un jugement qui me condamnait à 1,500 francs de dommages-intérêts et à un mois de prison. J'avais commis le péché peu galant d'avoir imprimé dans un journal que.... Suis-je naïf! Ce qui était mauvais à dire dans ce temps-là doit être bon à garder maintenant, n'est-ce pas? Somme toute, un beau matin de janvier, j'allai me constituer prisonnier à Sainte-Pélagie. La porte de la prison était disgracieuse, comme c'est de tradition, mais le directeur, — est-ce encore de tradition? je le souhaite! — se montra pour moi le plus courtois des autocrates. Grâce à son obligeance, j'obtins dans le PAVILLON DES PRINCES, — les prisons ont de ces ironies! —

une chambre parfaitement aérée, suffisamment vaste, et la première personne que je rencontrai dans les escaliers, — autre ironie des prisons! — fut le seul homme qui m'eût inspiré, dans ma vie de journaliste, ces grosses colères qui débordent et que l'on ne retrouve plus après la trentième année. J'ai nommé M. de Mirecourt.

Incarcéré depuis trois mois environ, M. de Mirecourt avait sur moi des avantages considérables, — dont un marteau et des allumettes chimiques. Il m'offrit le marteau — par le manche — et les allumettes... allumées. J'avais des clous à enfoncer et des cigares à allumer, je fus lâche. J'acceptai. Les stoïques me condamneront. Ils auront raison, mais j'acceptai....

Quelques jours après cette première entrevue, Nadar (1) vint me rendre visite. Je le vois encore ouvrant ses yeux effarés, cher-

(1) Voir cette note à la fin du volume.

chant à constater l'existence des punaises dans les bois de lit du Gouvernement, pour se faire une arme plus tard de ses observations. Et lorsqu'il eut trouvé dans les fissures, non l'animal, l'hiver avait fait son œuvre, mais des œufs dénonciateurs, il s'écria avec amertume : « Quelle mauvaise chance! on n'apprivoise pas des œufs. Je t'enverrai une araignée par mon nègre. Il n'est pas bon que l'homme soit seul. *Vœ soli!* »

Puis, tout d'un coup, avec explosion :

« Mais Mirecourt est ici! Voyons Mirecourt. »

Il eût fallu deux heures pour expliquer à Nadar que des hostilités antérieures, — hostilités qui, de mon côté, avaient dépassé les bornes, je le reconnais, — ne me rendaient des relations avec M. de Mirecourt ni désirables ni possibles. Avec ses allures de sauterelle, mon visiteur avait déjà ouvert ma porte, frappé à toutes celles des environs : « Et vite, et allons donc! Ouvrez! Je montrerai patte blanche si c'est dans le conte — et s'il y a des dames. »

On ouvrit en face de chez moi, et nous trouvâmes l'auteur des *Contemporains* vêtu d'une robe de dominicain en flanelle fine. M. de Mirecourt était triste, très-affaissé, mais aussi très-résigné, de cette résignation qui vient de la lassitude plutôt que de l'onction chrétienne. Après un quart d'heure de conversation, la tête, que je n'avais qu'entrevue jusqu'alors, me parut pleine d'irrésolutions, et l'attitude générale très-désireuse de repos.

Les relations engagées continuèrent. Le dénonciateur public du parti catholique avait des habitudes assez mondaines, dénuées de morgue, liantes et simples, — quand la prose à invectives de son journal était partie à l'imprimerie.

Ce n'était plus le Torquemada qui a fait peur à tant de monde et dont la renommée d'inquisiteur cause encore certaines terreurs, il paraît (2).

Il raisonnait sans intelligence des faits accomplis, croyait à une conspiration générale contre sa personnalité, mais il possédait d'une façon touchante ces vertus que la vie de prison rend nécessaires : l'amour du travail et l'amour de la famille. Malgré les fatigues et les stérilités du combat,

---

(2) Voir cette note à la fin du volume.

il combattait, et je le sentais vraiment paternel au milieu de ses enfants. S'il luttait avec ses nerfs plus qu'avec des convictions bien profondes, il aimait avec une douceur pénétrante qui me le rendit bientôt agréable par la vie d'isolement qui m'était faite. Il faillit perdre sa mère dans ces circonstances, et ne put obtenir de la préfecture l'autorisation de se rendre au chevet de la malade. L'administration répondait de sa personne vis-à-vis des créanciers et n'avait plus de libre arbitre. Nous avions vécu jusqu'alors voisins officieux l'un pour l'autre, c'est à partir de cette dure épreuve qu'une intimité plus sérieuse s'établit entre nous.

Je sortis de Sainte-Pélagie au commencement de février, en serrant avec attendrissement la main de mon ancien ennemi.

Puis, — le temps marche vite, et aussi les événements de la vie parisienne, — M. de Mirecourt, dont j'avais appris avec joie l'élargissement, m'apparut un jour sur le boulevard, jeune, rayonnant, transfiguré. L'homme cénobitique de Sainte-Pélagie avait fait place au journaliste plein de confiance en son étoile; le capuchon était remplacé par un chapeau crânement posé; le frac du monde élégant prêtait à ses épaules, déjà alourdies, des lignes presque jeunes qu'on ne devinait guère sous la robe monacale. La chrysalide était devenue papillon, le dominicain s'était métamorphosé en cavalier, dans le sens leste et guilleret du mot. Autrefois, je me serais presque signé en l'abordant ; du coup j'allai à lui et je dis :

« Diable ! vous voilà ? »

**Mais, ô brusque retour des choses d'ici-bas !**

six mois plus tard, je le retrouvais à Londres, dans une petite rue adjacente au Strand. Une affaire engagée à Paris, et dont les débuts avaient été heureux, venait de péricliter brusquement. Vous savez : le mauvais vouloir des associés, cette conjuration des ennemis qu'il voyait en rêve et que j'ai signalée, la traîtrise des éditeurs — et le reste des raisons que les esprits faibles se donnent à eux-mêmes dans la mauvaise fortune. Il s'était d'ailleurs très-chrétiennement redressé contre l'adversité. Ses filles l'avaient suivi dans son exil et s'étaient faites institutrices ; lui, apprenait la gravure sur bois. Malheureusement, M. de Mirecourt ne s'était résigné à ces travaux obscurs qu'après un échec vis-à-vis de « l'opinion ». De ces échecs-là on ne se relève jamais en Angleterre. Il avait publié dès son arrivée une œuvre de rage mal digérée, écrite en ce pathos apocalyptique où les points au bout d'une ligne indiquent une forte pensée. Il avait compté sur un succès de de scandale, et les Londoniens, si friands de toute attaque contre nos hommes et nos institutions, avaient eux-mêmes trouvé le pamphlet inconvenant. Inconvenant, à Londres, traduisez : monstrueux et nul à Paris.

A ce moment-là, M. de Mirecourt, qui s'insurge aujourd'hui si violemment contre la démocratie, ne lui témoignait point tant de répugnances. Il rêvait au contraire une de ces alliances hybrides ou la Foi eût tenu l'écusson des trois mots égalitaires de 89.

Fut-ce la simple maladie transitoire d'un esprit naufragé dans ses tentatives et cherchant une planche de salut partout où va la pensée? Je ne le crois pas : j'ai retrouvé plus d'une fois ces tendances chez le pamphlétaire des *Vrais Misérables*, en des phases où la bile n'était pas en jeu.

Je n'aurai point la mauvaise grâce d'insister.

La vie de M. de Mirecourt à Londres fut, en somme, parfaitement honorable. Je l'ai vu supporter la misère avec des raidissements faits d'ostentation, sans doute, mais dont il faut quand même tenir compte, lorsqu'il eût pu s'adresser à d'anciens confrères devenus célèbres, qu'il avait obligés de sa bourse aux jours de fortune. . . . .

Puisque j'ai pris la plume pour tout dire (je n'ai connu foncièrement que beaucoup plus tard cette nature vaniteuse et fébrile), je ne serais point étonné que M. de Mirecourt n'eût pris le burin du graveur qu'à la seule fin d'*étonner le*

MONDE. Ceci dérive d'observations postérieures, et explique comment j'ai pu quitter la capitale de l'Angleterre avec une estime réelle pour ce caractère perplexe et tout en voltiges.

M. de Mirecourt croit vraiment à sa valeur ; il s'imagine de bonne foi que ses coups de plume ont fait des blessures, — point à l'épiderme, en pleine chair ! — que ses romans contiennent des types, que ses phrases contiennent du style, et qu'il obtiendra un jour ou l'autre de ses concitoyens une statue en pierre des Vosges. Il prenait à Londres et en Allemagne des airs penchés de proscrit, et je vous garantis bien que la police politique s'occupait de lui un peu moins que de feu Jean de Nivelle.

Voilà, vous comprenez, où la cure devient impossible.

En quittant l'Angleterre, je me rendis à Bruxelles, où je tentai chez divers éditeurs d'obtenir des rééditions ou des commandes nouvelles pour le compte de M. de Mirecourt. Les éditeurs me regardèrent en riant. L'un d'eux particulièrement, qui, le premier, a eu le courage d'imprimer Proudhon me tint à peu près ce discours :

« Connaissez-vous M. de Mirecourt?

— Oui.

— Avez-vous lu ses livres?

— La plupart.

— Et vous me demandez sérieusement une réimpression?

— Très-sérieusement.

— Avez-vous de la conscience?

— J'en ai.

— Alors vous devez être un imbécile. »

L'*à-peu près* ne porte que sur le mot. L'intention était formelle.

Je ne cachai point à M. de Mirecourt[1], dans une lettre qui lui annonçait l'insuccès de toutes mes démarches, à quel point la déconsidération s'était partout attachée à son nom.

Je le croyais rentré et confiné

dans cette vie de travail patient que je lui avais vu tenter à Londres, lorsque les journaux répandirent à travers l'Europe le bruit de sa mort.

« Il était, affirmait-on, mort en Russie dans une détresse profonde, juste punition de ses outrages contre les plus pures célébrités du siècle, etc. »

Le thème était facile à suivre. M. de Mirecourt fut violemment attaqué aux quatre points cardinaux; je le défendis dans le *Fi-*

*garo*, où je racontai tout simplement son attitude à Sainte-Pélagie et à Londres. Je montrai de mon mieux l'homme de labeur et de persistance tel que je l'avais vu.

Je disais la vérité perçue par l'œil.

En écrivant cette brochure, je veux dire une vérité plus élevée — qui ne s'est révélée à moi que plus tard. Celle-là vient d'une comparaison soutenue entre les paroles et les faits, d'une longue étude sur l'homme intérieur, de révélations psychologiques appuyées sur des preuves matérielles. C'est la vérité perçue par l'âme et l'esprit en éveil.

Il ne résultera point des lignes qui suivront une condamnation infamante pour M. de Mirecourt : je n'entends nullement le marquer à l'épaule, ni au front. Comme homme, ses faiblesses me sont à peu près indifférentes ; comme défenseur absolu d'une religion, comme donneur de leçons morales, j'ai le droit d'exiger de lui plus d'impeccabilité dans la vie, moins d'appétits d'argent et moins de ridicule surtout.

C'est le ridicule, hélas! qui tuera M. de Mirecourt. — De cette mort là, on meurt, du coup, pour ne plus se relever.

Hélas!

Ce Docteur du temple est doublé d'un professeur de roulette.

— Ce prophète avait des visions

de séries. — Isaïe avait rêvé du double zéro!

Cette risible démonstration, signée de la main mêm de de l'accusé, sera, si vous le permettez, l'objet du paragraphe IV.

C'est le but réel de cet opuscule.

---

# IV

Dans le courant de mars 1851, — dans le mois, si je ne me trompe, qui suivit la publication de mon article nécrologique, — M. de Mirecourt m'adressa, aux bureaux du *Figaro*, la lettre que je vais transcrire. Les lignes que je jugerai à propos de supprimer, — je me tiens à la disposition des curieux qui tiendraient à contrôler ma loyauté, — seront seulement celles à ma louange, desquelles je n'ai que faire, et celles qui apprécient certains événements de l'époque, — desquelles M. de Mirecourt, défenseur de l'ordre, ne me paraît avoir nul besoin pour la minute.

« Londres, *mardi soir.*

« Mon cher ami

« J'arrive tard au remerciement, mais j'étais à douze cents

lieues, perdu dans les neiges et les glaces. La poste marche avec lenteur dans ces régions, qui ne sont pas bénies du Ciel. Enfin, j'ai tout appris, — et ma mort et ma résurrection.

. . . . . . . . . . . .

« Merci de toute mon âme; vous avez en moi un ami qui vous revaudra cela quelque jour, très-prochainement peut-être. Réservons « la chose » pour tout à l'heure. »

(Ici vingt-cinq lignes qui tendent à constater que les événements européens accomplis depuis quelque temps proviennent d'une immixtion de la Providence dans les affaires de M. de Mirecourt.)

« En attendant, j'ai trouvé un moyen de revenir aux portes de la patrie. Et cette Providence (*bis*) *que vous niez* achève son œuvre. Voilà l'ennemi à terre ; que me manque-t-il pour achever ma réhabilitation ? De l'argent. Eh bien, Dieu me le donne, et par un moyen aussi étrange, aussi inouï, aussi imprévu que tout le reste.

« Écoutez-moi bien, j'arrive à la question que j'ai laissée en suspens. Vous me croyez, n'est-ce pas, incapable de vous tromper ? Eh bien, trouvez vingt mille francs, *dussiez-vous payer* 30 p. 100 *d'intérêts*, — et votre fortune est faite avec la mienne ; j'entends une véritable fortune : UN MILLION

A NOUS DEUX, ET CELA AVANT UNE ANNÉE RÉVOLUE.

« *Seulement, pas un mot, pas un souffle à âme qui vive !*

« Je suis à Londres depuis hier ; l'argent qu'il nous faut, et que je vous dis de trouver, je l'aurai DEMAIN, TOUT DE SUITE, CHEZ LE PREMIER BANQUIER VENU ; mais il faudra lui dire mon secret et lui donner la moitié des bénéfices, ce que je ne veux pas. Comprenez-vous ? Cette moitié, je la donnerai à l'homme que la

Providence (*ter*) me désigne, et cet homme est Charles Bataille.

. . . . . . . . . . . .

« Au revoir, cher ami. — Activité, confiance et ferme espoir dans le succès. — Dieu le veut !

« Eugène DE MIRECOURT. »

Dieu le voulait-il vraiment? Voilà la première question rationnelle, mais voltairienne, que je m'adressai à moi-même. Non que je doutasse de la sincérité de mon correspondant, non que je reculasse le moins du monde devant les joies mondaines qu'entraîne un million à partager ; mais j'ai quelque peu regardé la vie, et constaté que les véritables millions, ceux que l'on met en piles et que l'on touche, s'acquièrent en général par une volonté doublée d'intelligence, et point qu'on voie généralement par le concours céleste. Toutefois, la lettre avait des côtés mystérieux bien faits pour séduire un pauvre garçon qui vit de littérature : comme le Georges de la *Dame Blanche*, j'aurais très-volontiers acheté quelque part un château sur mes économies.

Et songez donc : les banquiers étaient là, sur le palier de M. de Mirecourt, avec de gros sacs sous les aisselles, qui suppliaient cet homme prédestiné de vouloir bien puiser dans leurs coffres ; et j'aurais reculé, moi que « la Providence avait désigné » à son voyant !

Je ne reculai point.

Je m'adressai à ma famille, qui menaça de me faire interdire ;

A mes amis, qui s'éloignèrent avec tristesse, en murmurant :

« Pauvre garçon ! »

Aux amis de M. de Mirecourt, qui me chantèrent un couplet d'opéra duquel il résulte que l'or est une chimère. Les vaudevillistes sont sans pitié, comme les enfants : c'est leur droit.

N'oubliez pas qu'il m'était impossible de raconter le premier mot de *l'affaire*, puisque je n'en savais pas la première lettre.

Il me restait deux moyens : m'adresser aux usuriers ou acheter la succession d'un aveugle sur le pont des Arts. Les usuriers n'existent que dans les romans de Balzac ; les places d'aveugles étaient très-courues, il fallait prendre un numéro d'ordre, et le temps faisait défaut.

Je renonçai — tristement, certes oui ! — aux cinq cent mille francs qui m'attendaient, et je fis part à mon *bienfaiteur* des rebuffades que j'avais essuyées en voulant coopérer à « l'œuvre de Dieu ». Je le priai d'élucider ses mystères, vu que l'argent, d'essence essentiellement profane, préférait les certitudes mathématiques des chemins de fer à tous les dividendes futurs appuyés sur la révélation.

Cette fois, la réponse m'arrive de Francfort.

Francfort, 9 avril.

« Mon cher ami,

« Malade depuis huit jours, je n'ai pu vous répondre plus tôt. C'est une maladie de fièvre et d'impatience. Voir là, devant soi, à portée de la main, fortune et réhabilitation, et ne pas les saisir tout de suite, c'est affligeant.

« Je ne confierais mon secret ni au papier ni à la poste pour tout au monde, quand même j'écrirais à ma mère, si elle existait encore. D'ailleurs, toute explication écrite ne ferait rien : il faut voir et juger par ses yeux du fait prodigieux en question. Quant à le confier au capitaliste qui prêtera l'argent, n'y songeons sous aucun prétexte, mon cher ami. Tâchez d'avoir les finances pour un motif ou avec une garantie quelconque ; et si, pour vous donner du cœur à l'œuvre, il vous faut la *certitude*, arrivez ! Vous verrez, vous jugerez et vous TOMBEREZ DES NUES.

« Tout à vous de cœur.

« S'il vous faut la certitude, *arrivez!* » Cette phrase me rendit songeur. Je calculai qu'*arriver*, lorsqu'il est question de 200 lieues, présente plus de difficultés que prendre le chemin de fer d'Asnières — aller et retour. Mon correspondant, qui parcourait 1300 lieues en Russie, traversait l'Europe pour aller à Londres, revenait de Londres à Francfort, avait peut-être les ailes d'Ézéchiel à son service; moi je n'entrevoyais que le train express de Strasbourg.

Je demeurai songeur une quinzaine de jours — pendant lesquels une dernière lettre m'annonça que, si je n'avais pas fait acte de présence — tel jour — à telle heure — *dernier délai*, « on conclurait ailleurs. »

Au fond, je trouvai assez volage que cette « Providence qui

m'avait désigné » ne montrât pas plus de patience à mon endroit.

Ma malle était faite de la veille, j'avais la grosse curiosité de voir un miracle. Je partis.

Le miracle se présenta à moi de la façon la plus débonnaire qui se puisse imaginer. Je trouvai M. de Mirecourt à l'hôtel du Rhin — *Reinischer hof.* — (Voilà tout ce que j'ai rapporté de mon voyage, encore doit-il y avoir une faute d'orthographe !) M. de Mirecourt était installé doucement et confortablement. L'homme que j'avais connu à Londres besoigneux et tout névralgique m'accueillit avec un bon air reposé qui me fit plaisir. Il causait avec gaieté, sans récriminations et sans réquisitoires contre le passé ; la pointe folichonne ne l'effrayait que médiocrement; il professait les opinions les plus sensées du monde sur les cigares allemands, qui sont affreux, et l'absinthe du café Milani, lui semblait très-inférieure à celle de Tortoni. Tout cela était raisonnable. Chacune de ces assertions était confirmée par le hochement de tête d'un homme d'une cinquantaine d'années qui se tenait discrètement dans un coin de la pièce, très-attentif aux paroles du seigneur et maître de céans, et que je pris d'abord pour un simple Caleb. Je lui conserverai ce nom pour la commodité du récit, et je raconterai en temps et lieu les qualités exquises et discrètes de ce pauvre et doux homme, alors attaché à la fortune de M. de Mirecourt, comme le chien de Saint-Roch à son propriétaire.

Les affaires sérieuses furent remises à l'après-dînée. Somme toute, je retrouvai au débotté l'élément parisien, si parfaitement raisonnable, si complétement sensé, quoi qu'en disent les plaisantins de l'étranger. Dans cette existence régulière, simple et confortable, je ne respirai aucune odeur d'hallucination. Le vin du Rhin était vert et franc, la table couverte d'un linge merveilleux de blancheur, la friture embaumait; on nous fit grâce du gigot aux pruneaux. — C'était charmant de bonne humeur et de libre allure parisienne.

Le café fut servi dans la chambre de M. de Mirecourt : c'était l'instant des mystères. La mise en scène changea instantanément en même temps que la figure des personnages. M. de Mirecourt, blême et tremblottant, tirait d'un portefeuille des cartons de diverses dimensions. Caleb, lui, rayonnait. Il avait cette auréole de la croyance qui transforma les pêcheurs en apôtres.

« Vous allez voir ! s'écriait-il en me pressant les mains, vous allez voir! Pas d'impatience surtout!... »

Non certes, je n'étais plus impatient. Je respirais dans cette chambre, de si bon accueil deux heures auparavant, je ne sais quelle lourdeur d'atmosphère qui m'envahissait. — J'avais craint quelque folie en arrivant, etje me sentais en plein milieu de simple niaiserie.

M. de Mirecourt, cependant, disposait ses cartons sur une table.

Il tira des numéros de loto d'un sac vert, les nota sur du papier. Cet exercice dura un quart d'heure environ, au bout duquel il s'écria :

« Nous avons gagné 5,000 fr. L'autre tour sera meilleur.

— 5,000 francs! répéta Caleb

avec admiration, hein! qu'en dites-vous? »

Je ne disais rien.

J'étais tombé dans une combinaison de roulette! Rouge et noir, pair, impair, passe et manque: c'était la révélation!!

Je confesse, en toute humilité, que n'étant ni professeur de morale, ni pasteur de peuples, ni prêcheur de quelque ordre que ce soit, la pensée de faire une fortune par le jeu ne me serait jamais venue. Je confesse, en outre, qu'elle n'effaroucha point ma pudeur, et quand les banquiers d'outre-Rhin se pendraient un peu — pour avoir perdu leur journée, — je n'y verrais qu'un médiocre inconvénient. Je n'avais jamais soupçonné de ma vie ce que c'est qu'une table de roulette. — J'étais là comme un hébété. Ce qui me terrifiait, c'était cette pensée de la « réhabilitation par le jeu ».

Eux continuaient à tirer des demi-sphères numérotées du petit sac vert

Il paraît que nous gagnions vingt mille francs sans sortir de notre chambre. Joli chiffre!

« Mais enfin, hasardai-je, en m'adressant à M. de Mirecourt, admettons que votre système soit infaillible, — ce dont je n'ai pas la moindre conscience, car en ces matières mes yeux me servent à ne pas voir, — vous qui parlez volontiers morale, croyez-vous qu'une fortune acquise par ce procédé soit véritablement honorable?

— Ce qui est honorable, c'est que je considère cette institution des casinos d'Allemagne comme une lèpre sociale, et que je veux, puisque les souverains n'ont pas l'énergie d'en débarrasser leurs États, faire table rase de cette énormité.

— Ça doit être bien long de mise en train; sans compter que, si l'idée est louable, j'entrevois dessous de nombreuses ruines qui ne sont pas des plus chrétiennes.

— Une des clauses absolues du traité que je signerai avec mon bailleur de fonds nous obligera solidairement à consacrer deux cent mille francs à l'érection d'une église. »

La part du bon Dieu !

Caleb joignait les mains. Il était catholique, ce cher Caleb, sans discernement, mais de tout son cœur. En plus il était réellement chrétien, — alliance plus rare qu'on ne s'imagine.

Je proclame que je ne croyais point que le ridicule humain pût atteindre à ces hauteurs : le jeu à la base, la morale au centre et la religion au sommet. Autant que la politesse d'une première réunion le permettait, je soulevai les objections qui vous sautent au cerveau en pareil cas.

« Les banques, — qui ne sont pas faites d'hier, — ont dû calculer assez habilement leurs chances pour que le joueur soit infailliblement plumé, encore, toujours, et après toujours. »

On me répondit :

« Regardez. »

Je regardai.

Le lendemain, le surlendemain, huit jours pleins, se passèrent de la sorte.

Si le fermier de Hombourg eût consenti à nous faire la moindre avance sur les sommes considérables que nous lui gagnâmes dans le cours de cette semaine,

— toujours en chambre avec les petits cartons, — il nous eût été facile de commencer le clocher de l'église projetée.

En résumé, je ne riais plus. J'étais en proie à un phénomène que je ne puis guère rendre sensible que par comparaison.

Je suis depuis six mois installé à la campagne, où je cherche à saisir les types paysans sur le vif.

On arrive, l'air est translucide, on voit de prime abord le paysan dans toutes ses laideurs, le paysage dans toutes ses profondeurs. L'âme s'élève vers les hauteurs du lyrisme à mesure que l'esprit, inquiet des détails physiques, épie l'homme, mesquin, bête et malpropre du cœur aux pieds. On se rend cette justice à soi-même que jamais on ne s'est senti l'œil plus alerte et l'intelligence mieux disposée aux larges compréhensions. On se félicite, on s'applaudit ; on va coucher dans toute leur vilenie ces gredineries sur le papier.

Vous croyez cela ? Laissez passer les premiers ébahissements, l'atmosphère vous pèse d'un poids énorme sur les épaules, vous accable et vous rend inerte.

Vous voulez juger le paysan, c'est lui qui vous juge ; c'est lui qui vous domine, qui vous impose ses habitudes, ses façons de voir et de sentir, si bien qu'après un séjour d'un mois vous vous prenez à vous inquiéter.

Si ces braves gens-là avaient raison !

Et vous sentez la satire préconçue qui prend des allures d'églogue.

Hé, non ! ce ne sont point de braves gens ; ils n'ont point raison ; ils sont cupides, vilains, égoïstes, — mais ils sont plus forts que vous, en ce sens qu'ils répètent plus souvent la même chose. Comme le taraud qui fait un trou dans la pierre à force de frapper au même endroit, ils font une fente dans votre intelligence, et la faculté comparative fuit par cette fente.

Je subis, par phases graduées, cet envahissement de ma gouâillerie parisienne par l'obstination du démonstrateur. Deux fois répétée, la démonstration m'avait fait rire ; à la centième expérience j'étais abruti.

Je n'avais plus d'ailleurs le courage de rire : je m'étais pris d'une solide amitié pour Caleb. De confidence en confidence, j'appris du disciple l'histoire du prophète. Réduit, à Londres, à ses dernières ressources, M. de Mirecourt avait obtenu, dans une maison princière de la Russie intérieure, sur la recommandation dudit Caleb, précepteur depuis dix ans dans la famille, une place honorable et largement rétribuée. Il arriva, comment? par quels prodiges? le fait est qu'il arriva et s'installa dans un palais splendide. Le contact des puissants de ce monde est bien propre à éveiller l'ambition virile chez les esprits sérieusement trempés; par contre, il liquéfie les natures molles, enamourées d'elles-mêmes, spongieuses et prétentieuses. M. de Mirecourt, qui m'avait plus d'une fois entretenu de sa popularité de Saint-Pétersbourg à Moscou, fut accueilli avec cette politesse dont le grand seigneur moscovite ne se départ jamais, mais qui conserve les distances. Il se sentit humilié. Il eût volontiers accepté les clefs de la ville sur un plat d'argent; on ne songea point à les lui offrir. *Inde iræ*... De là date cette préoccupation d'étonner le monde par l'argent; de là un premier système de roulette, suivi de trente autres.

Caleb remplissait les fonctions du chœur antique. Il s'émerveillait du génie de son compatriote; il allait prônant sa merveilleuse entente de la littérature compliquée de séries contrastées. Je ne jure point qu'elles fussent contrastées. Contrastées ou non, les boyards s'en émurent peu, si peu qu'un jour Caleb, prenant à cœur cette indifférence, mit un matin ses économies dans un vieux bas et partit avec M. de Mirecourt vers le jardin des Hespérides. Quand on arriva à Hombourg, le bas se trouva largement troué, et l'on chercha à faire des reprises.

On sait comment je fus désigné pour apporter l'aiguille et le fil. *Diex el volt!*

Je n'avais pas épuisé néanmoins le répertoire de mes objections. Je disais *si*, je disais *mais*; je tenais, en somme, l'emploi de l'oncle grondeur de la vieille comédie.

A la fin, M. de Mirecourt, impatienté (j'avais constaté que les banquiers n'envoyaient point leur carte et n'offraient pas même un florin), répondit brusquement à toutes mes résistances :

« En voilà bien assez ! Vous ne croyez à rien, les banquiers sont des polissons. Je me fiche des banquiers. Mon estime pour vous m'empêche d'user de termes aussi vifs. Mais, en somme, il est bien inutile de se casser la tête. Si ces lenteurs continuent, je vends tout simplement, contre un million, mon système au roi de Prusse.

— Bah ! fis-je avec stupéfaction.

— Rien de plus simple. La Prusse représente dans la Confédération germanique la seule puissance hostile aux casinos. Or comment les détruire? En prenant mon système. C'est net, c'est clair. Dieu le veut ! »

J'eus au fond des terreurs sincères de laisser ce pauvre chercheur aux mains du roi de Prusse, lequel, s'il faut s'en rapporter aux dictons populaires, se préoccupe peu du travail que l'on fait pour lui.

Je tins à peu près ce langage à l'inventeur des séries contrastées.

— Étaient-elles contrastées ? Encore une fois, doute et mystère !

« Paris est la ville des excentricités. Je connais à peu près tous les excentriques. J'écrirai à mon monde, avec le *post-criptum* de rigueur : ON DIRA DES BÊTISES.

— Mais les sbires m'arrêteront au passage.

— Venez-donc! les sbires sont tous morts depuis 1830.

— Jamais! Je me dois à ma famille. »

Je ne crus pas devoir insister. *Il se devait à sa famille.*

Le lendemain matin, à mon lever, je reçus par la poste une lettre de M. de Mirecourt (nous demeurions porte à porte), deux lignes au plus :

« Je vous attends à Kehl. »

Je courus dans la chambre de Caleb et montrai la lettre :

« Ah ! je le reconnais bien là ! Il vous attend à Kehl et je suis sans un kreutzer, moi, après avoir épuisé toutes mes économies. Il me laisse seul avec tous les ennuis des dettes à l'étranger. »

J'arrêtai Caleb :

« Fouillez les tiroirs. »

Les tiroirs étaient vides, comme l'espace avant la création.

Je dis au bonhomme :

« Mettez votre pardessus et suivez-moi. Nous allons ensemble à Paris. »

Il me suivit.

Cinq heures après, il descendait avec moi sur la rive allemande du Rhin et tombait dans les bras de M. de Mirecourt, qui ne s'attendait guère à cette bonne fortune. Puis, comme je l'ai fait pressentir, Caleb étant domestiqué à merveille, il retournait, le soir, à Francfort avec deux ou trois louis.

Avant de passer la frontière, M. de Mirecourt se fit raser et teindre. Il fallait éviter la police de la tyrannie.

La tyrannie donnait un bal, heureusement ! Sans quoi M. de Mirecourt ne fût arrivé à Paris.

Il arriva. Les cochers de remise furent charmants pour lui, le premier sergent de ville de service à la gare lui offrit du feu pour son cigare. La tyrannie sommeillait : c'était un lendemain de bal.

J'installai M. de Mirecourt dans une campagne. Il fut galant avec les dames, — galant, avec ce côté de Tartuffe qui prend la main et remonte à l'épaule. — Ces dames appartenaient à ses amis, — gaietés permises de la campagne !

Un de mes plus obligeants camarades consentit, après dix visites chez moi, à donner les vingt mille francs exigés par M. de Mirecourt pour ruiner les maisons de banque, fonder une église et réhabiliter « le proscrit ».

A quoi bon continuer?

On repartit à Hombourg. On s'assit à la table de jeu. Je vois encore les tas de frédérics et les billets amoncelés devant M. de Mirecourt. Les mains de cet « élu de Dieu » pleuraient de larges gouttes de sueur, et la masse disparaissait.

Le premier quart d'heure n'était pas écoulé que la plus grosse moitié des vingt mille francs était passée dans les mains des croupiers.

J'avais refusé de jouer, — et je regardais.

Je jugeai qu'il était temps de lever la séance, fût-ce au prix d'un coup d'État.

Je n'éprouvai pas de résistance bien obstinée.

Pourtant M. de Mirecourt, en épongeant sa sueur, répétait :

« J'avais le droit — LE DROIT ! — d'aller jusqu'à vingt mille. »

Nous rentrâmes à l'hôtel, et je me rappelle que, chemin faisant, une brune merveilleuse passa près de nous dans les jardins du Kursaal.

Comme les émotions du jeu, auxquelles je n'avais qu'impartement participé, m'avaient laissé l'œil assez net, je m'écriai :

« Quelles épaules !

— Eh ! voilà ce qui nous a fait perdre ! s'écria M. de Mirecourt en se signant. Oh ! la chair ! la chair ! »

En franche vérité, était-ce bien là ce qui nous avait fait perdre?

Mon parti fut promptement

pris : il se résumait à renvoyer à Paris, à l'imprudent commanditaire, les billets de banque qui restaient en portefeuille.

En pareille matière, l'hésitation n'est pas permise. Je renvoyai. M. de Mirecourt me demanda à suivre l'envoi. Je me lavai les mains comme Pilate, et je dis :

« Suivez ! »

Il partit le lendemain matin.

Au moment de son départ, je m'aperçus que M. de Mirecourt

oubliait Caleb. Je portai Caleb au chemin de fer. Et c'est de la sorte — et point autrement — que ce brave et loyal homme a pu rejoindre sa famille, dans laquelle il doit rêver à cette heure aux désenchantements de l'enthousiasme — et de la rouge — et de la noire — et des numéros en plein.

M. de Mirecourt, qui avait à notre arrivée à Hombourg hésité entre la location de diverses villas, — il manquait des écuries, — me laissa sur les bras un charmant enfant, demi-allemand, demi-français, qui devait tenir, dans notre maison montée, l'emploi d'introducteur des puissances étrangères...

J'ai ramené cet excellent Georges à petites journées, et, grâce à mes relations dans la haute société, il frotte en ce moment les escaliers de l'hôtel Voltaire à 20 francs par mois.

« La fin du roman?

— Bête et triste! »

M. de Mirecourt, que le formidable échec que j'ai raconté n'avait pas découragé, se mit en relations avec je ne sais quel propriétaire de maison meublée qui avait des fonds à placer. Il fit venir ses filles d'Angleterre, pour recommencer de plus belle l'application de SON SYSTÈME. « Oui, ce père eut cette honte de déranger d'honnêtes femmes de ménage pour les faire asseoir devant l'ignoble tapis vert! » Il perdit, — ils ou elles perdirent, comme devant!

J'ai fini. Les détails m'écœurent.

Cet homme-là a donné des leçons de dignité à Victor Hugo.

C'est tout! Qu'ajouterais-je?

---

## V

De tout ce qui précède le public serait mal venu à conclure que l'auteur des *Contemporains* soit une nature dénuée de tout charme social. Il possède, au contraire, je ne sais quelle fluidité ambiante qui vous enlace et vous pompe toute votre volonté. Despote comme les femmes vis-à-vis des faibles, il a toutes les câlineries de la soumission vis-à-vis des gens à poigne.

J'ignore par quelle série de circonstances irrationnelles ce plumitif appelé de naissance à se produire comme le saint Jean Baptiste du doux homme qui a nom Ponson du Terrail, — agneau de Dieu qui porte les solécismes du monde! — s'est réveillé un beau matin avec un trop plein de bile, qui, débordant la vésicule, s'est pris à envahir tout l'organisme. Il n'avait pas le talent du pamphlétaire, — ni celui-là, ni d'autre; — il n'en avait point les côtés sanguins, il n'en avait point la fougue primesautière, il n'en avait point le courage!

Je sais ce que je dis, et j'écris ce que je sais.

Un grand amour de l'ostentation, des trépidations de nerfs causées par des révoltes de déclassé, — pourquoi? à quel titre?

— des engorgements et des humeurs peccantes s'extravasant sur tout ce qui avait conquis un peu de notoriété, un peu d'argent, un peu de considération; — jetez ces éléments divers dans un caractère d'argile en guise de marmite, faites bouillir: l'écume de dessus vous donnera tout le tempérament de M. de Mirecourt.

Voyons l'attitude physique de l'homme.

L'aspect général est fébrile et tourmenté. Les mains, assez distinguées malgré l'envahissement de la partie osseuse, ne vous serrent pas la main, elles se crispent à vous. Une sueur permanente, qui résulte du relâchement de l'épiderme, mouille sans répit ces phalanges d'araignée. L'impatience de cette vie transpire à travers tous les pores. La tête est vulgaire et ne trahit que très à la longue les inquiétudes intérieures; le front, fuyant et sans ampleur, comme celui des chercheurs de théories cabalistiques, l'œil trouble et mobile, le nez fouilleur en façon de museau de fouine, la bouche sensuelle avec des réticences aux coins, et le menton sans vigueur. Galbe de chercheur d'affaires, mâtiné de capucin; épaules arcboutées, poitrine creuse, ensemble grêle. Cet homme, qui a rêvé des statues, n'offrirait même pas assez de côtés accentués pour un médaillon de dix sous.

M. de Mirecourt me reprochant de m'être « grisé de vin démocratique et social » ne manque pas d'un certain aplomb. J'ai longuement discuté avec lui, en Angleterre, en Allemagne, et aussi à Paris, depuis son retour, sur l'avenir des sociétés. Je puis certifier que, si je me suis *grisé*, nous avons trinqué plus d'une fois ensemble, et que le plus altéré de nous deux n'était pas celui qu'on penserait. Je puis certifier, en outre, que, quelque temps après la publication des premiers volumes des ***Misérables***, j'ai rencontré M. de Mirecourt sur la place du Palais-Royal, et que, la conversation roulant naturellement sur cet événement littéraire, le farouche iconoclaste qui s'est manifesté depuis semblait partager, ce jour-là, mes admirations toutes fraîches, — avec quelques réserves catholiques, oui! mais si petites que ce n'est pas la peine d'en parler. Je venais précisément à cette époque de lancer l'anathème, du haut d'un *Courrier de Paris*, contre l'un de mes plus honorables amis, qui est en même temps l'un des écrivains les plus distingués que je sache, M. Barbey d'Aurevilly. L'occasion étant bonne pour dire son opinion, — la dire toute et tout haut, — M. de Mirecourt a pris du madère. Or, la conclusion de tout ceci, la voulez-vous en deux traits de plume?

C'est que l'éditeur pieux du

volume contre Victor Hugo ne s'était pas encore présenté.

Les terribles exigences de la vie étant là groupées, bêtes, oh! certes! tracassières, absolues, M. de Mirecourt s'est mis à catéchiser les poëtes et à leur enseigner la morale — à mille francs par sermon, peut-être moins. La morale est à si bon marché depuis qu'un certain M. de Bussy s'en mêle! C'eût été l'éditeur folâtre qui eût fait des offres en temps utile, que M. de Mirecourt eût donné une suite aux *Confessions de Marion Delorme* ou *de Ninon de Lenclos*.

Notez bien pourtant que je ne conteste nullement le catholicisme de M. de Mirecourt. Voilà le seul point où les adversaires de ce polémiste se trompent du tout au tout. Il est catholique ! Nous avons parlé de Vénus plus d'une fois, après déjeuner, en fumant notre cigare dans les jardins de Francfort, côte à côte avec ces bons officiers bavarois qui font involontairement penser à Mars — par antithèse. — Mais je proclame que M. de Mirecourt allait aux vêpres. Il est catholique, vous dis-je! nullement dans le sens altier et dominateur des grands esprits comme Bossuet, de Maistre et Louis Veuillot; il ne voit point là un frein vainqueur pour enchaîner l'Avenir qui prend le mors aux dents. Cette résistance de l'écluse contre le flot sans cesse renaissant est impuissante et stérile, sans doute, mais elle a sa grandeur et surtout ce côté français qui s'appelle la bravoure. Envisagée à ce point de vue, elle prend quelquefois des proportions héroïques et séduit singulièrement les âmes ardentes tournées vers l'impossible. M. de Mirecourt, lui, professe cette religion peureuse et tâtillonne des bonnes femmes que l'Enfer terrifie, que le Purgatoire ne satisfait qu'à demi, comme pis-aller, et qui voudraient, à toute échéance, — si le Dieu vengeur se venge, — se garder au moins un tabouret rembourré et une chaufferette dans un coin du Paradis, avec une ration convenable de tabac à la fève.

Éternuons ! et que Dieu les bénisse !

---

# NOTES.

(1) Nadar (Félix Tournachon), très-occupé à cette époque de la génération spontanée des animalcules, a tourné depuis ses rares facultés d'observation vers les phénomènes de l'optique et de l'impression solaire. Désireux surtout d'élever la découverte de Daguerre aux hauteurs de l'art, il a inventé la *photographie aérostatique*, qui a donné bien de la tablature aux habitants de la Lune, puis appliqué, l'un des premiers,

la lumière électrique pour ses opérations, ce qui a causé au soleil une mauvaise humeur très-sensible depuis ces dernières années.

(2) Au moment de livrer ce manuscrit à l'impression, un ami anonyme m'adresse un numéro du *Figaro-Programme*, où je trouve l'entrefilet suivant :

« MM. Carjat et Charles Bataille, du *Boulevard*, ont déclaré la guerre à M. Eugène de Mirecourt. Les premiers défendent Victor Hugo, l'autre l'attaque.

« M. Battaille, le chanteur, qui s'appelle aussi Charles, craint sans doute qu'on ne le confonde avec le romancier son homonyme, car voici la lettre qu'il adresse au *Phare de la Loire* :

AU RÉDACTEUR.

« Paris, 14 octobre.

« Permettez-moi de confier à votre obli-
« geance le soin d'établir que je suis com-
« plétement étranger aux démêlés survenus
« entre M. Bataille, hommes de lettres, et
« M. Jacquot de Mirecourt.

« Veuillez agréer, en même temps, l'assu-
« rance de mes meilleures civilités.

« CH. BATTAILLE,

« Professeur au Conservatoire. »

« M. Battaille peut être tranquille. Il a fait un ouvrage intitule *La Phonation*, mais ce n'est pas un titre suffisant pour qu'on le confonde avec l'auteur d'*Antoine Quérard.* »

Je dois remercier en premier lieu l'aimable confrère qui veut bien affirmer qu'il ne saurait y avoir confusion en cette matière.

Puis, m'adressant à M. BaTTaille et parlant à sa personne, je réponds en deux lignes :

« Ce qui ne ne vaut pas la peine d'être dit, on le chante. Hé ! chantez donc, Monsieur ! »



Paris, impr. Jouaust et fils, rue S. Honoré, 338.

www.ingramcontent.com/pod-product-compliance
Ingram Content Group UK Ltd.
Pitfield, Milton Keynes, MK11 3LW, UK
UKHW022110190726
13855UKWH00002B/762